Bilder, die ich dir aus Worten male

Impressum

Mehr über den Autor:

www.jandoautor.com

www.facebook.com/JandoSchriftsteller

www.instagram.com/jando_autor/

www.twitter.com/jandoautor

www.youtube.com/c/JandoAutor

Kontakt zum Autor: jando@jando-autor.de©
Jando, 2020 © der deutschsprachigen Ausgabe:
KoRos Nord GmbH, www.korosnord-gmbh.de
Lektorat: Katharina Platz
Textkorrektur: Katharina Platz, www.textgenau.com
Umschlaggestaltung, Satz und Design: Wiebke Kruse
Illustrationen: Antjeca www.antje-arning.de
Druck und Bindearbeiten: booksfactory, Berlin
Gesamtherstellung: KoRos Nord GmbH
Vör de Rehgen 4, 26160 BadZwischenahn
ISBN: 978-3-945908-42-6

Jando

Bilder, die ich dir aus Worten male

KoRos Nord

Vorwort

Wie schnell die Zeit doch vergeht. Nun sind es tatsächlich schon zehn Jahre her, seit mein erstes Jandobuch erschienen ist. Parallel dazu erblickte auch zum ersten Mal die gezeichnete Figur „vom kleinen Jando" die Welt. Meine Schwester Antje Arning, Künstlername Antjeca,entwarf die kleine Kultfigur. Seitdem begleitet er mich und erfreut tausende von Menschen mit den Zitaten aus meinen Büchern. Nach zehn Jahren wurde es Zeit ihm ein eigenes Buch zu widmen. Ich habe die beliebtesten und schönsten Zeichnungen und Zitate aus einem Jahrzehnt in diesem Jubiläumsbuch zusammengestellt. Möge euch „der kleine Jando" Freude bereiten.

Zu meinem Jubiläumsbuch gehören auch zwei Kurzgeschichten: „Sternenreiter: Wie alles begann" und „Die kleine Weihnachtsbäckerei". Beide wurden bisher noch nicht in einem Buch veröffentlicht, hatten aber durch Publikationen in zwei großen Tageszeitungen schon vielen Lesern Freude bereitet. Wie ich finde, gehört zu einem Jubiläumsbuch auch eine kleine **Überraschung!** Ich möchte euch die digitalen Hörbücher „Die kleine Weihnachtsbäckerei" und „Im Himmel gibt es einen Bahnhof" schenken. Geht auf meine Webseite und klickt euch in den Jandoshop. Dort sucht ihr die beiden Hörbücher und gebt den Gutscheincode **jandojubiläum** ein. Schon könnt ihr euch die Audiobooks kostenlos herunterladen.

Ich wünsche euch auf den nächsten Seiten viel Vergnügen und freue mich auf die nächsten zehn Jahre mit euch!
Herzensgrüße
Jando

Es sind die Träume, die uns zu den Sternen führen.
Doch manchmal, nur manchmal, benötigt unser Herz
Hilfe um die Sterne wieder leuchten zu sehen.

Jando aus „Sternenreiter - kleine Sterne leuchten ewig"

DIR WÜNSCHE ICH ....

Manchmal möchte man anderen liebevollen Menschen aus seinem Leben eine Freude bereiten oder sich einmal bedanken. Wenn du dieses Buch verschenken möchtest oder geschenkt bekommen hast, kannst du aufschreiben, einkleben, zeichnen, was du dir für deine Liebsten wünscht.

Antjeca

Sternenreiter – Wie alles begann

Die Sonne lachte ihm zu, als der kleine Junge seinen Stern bestieg. Eine große Aufgabe wartete auf ihn. Sein Vater, hatte ihm von den Menschen erzählt, die auf der Erde lebten. Er sagte, dass sie aufhörten zu träumen und ihre Hoffnung verloren hätten.

Warum? Das wollte er wissen.

Es gibt doch nichts Schöneres als morgens aufzuwachen und Mama gibt einen Gutenmorgenkuss. Jeden Abend träumte er davon und jeden Tag ging es in Erfüllung.

Eines Abends träumte er, morgens ein Brötchen mit leckerer Schokoladencreme zu essen. Und am nächsten Morgen hatte Papa ein solches geschmiert.

Vor kurzem träumte er, dass die ganze Familie in ein größeres Haus ziehen wollte, wenn sein kleines Schwesterchen da wäre. Zwei Tage vorher waren Mama, Papa in ihrem großen Auto zu einem sehr großen Haus gefahren. Da könnten viele Geschwister mit ihm spielen. Während der Fahrt träumte er von Spielkameraden. Als er wach wurde, waren sie auf einem großen Hof angekommen, wo viele wuschelige Hundekinder herumtollten.

Der schönste Weg
der Dunkelheit zu entfliehen,
ist Liebe. Allein sie vermag
die Herzen der Menschen
zu öffnen.
(Jando)
Antjeca
Antjeca

Einen dieser zotteligen Spielkameraden nahmen sie mit. Warum hatten die Menschen aufgehört zu träumen? Bei ihm ging doch jeder Traum in Erfüllung!
Nun wollte er zur Erde fliegen und selber schauen. Voller Vorfreude ritt er auf seinem Stern los. Aber was er sah, war anders. Dort war keine Mama, kein Papa. Es gab keinen Gutenmorgenkuss, kein Brötchen mit Schokoladencreme, kein Schwesterchen. Er sah viele zottelige Spielkameraden. Sie weinten. Er erschrak und es wurde ihm seltsam kalt. Es war ein Gefühl, das er noch nie erlebt hatte.

Plötzlich entdeckte er, zusammengekauert in einer dunklen, verwinkelten Ecke, ein kleines Mädchen. Vorsichtig glitt er auf seinem Stern näher heran, um das Kind nicht zu erschrecken. Sein Stern erhellte die kleine Gasse. Überrascht blickte das Mädchen hoch und begann sogleich zu strahlen.
Sie rief: „Da bist du ja! Endlich! Sternenreiter!"

Der Stern landete neben dem Mädchen und hüllte sie in glitzernden Sternenstaub. Der Junge sprang herunter, setzte sich zu der Kleinen und erzählte, was er auf seinem Flug gesehen hatte.

Das Mädchen lauschte gebannt. Dann flüsterte es:
„Wir Menschen haben nicht aufgehört zu träumen und nicht

Es sind die Träume, die uns
zu den Sternen führen.
Verzage aber nicht,
wenn ein Traum früher endet.
Genau in diesem Moment
kündigt sich schon ein neuer an.

(Jando aus: „Im Himmel gibt es einen Bahnhof“)

unsere Hoffnung verloren. Doch wir vergessen, füreinander zu sorgen und zu kümmern. Ich träume jeden Tag eine Familie zu bekommen. Eine Mama, die mir meinen Gutenmorgenkuss gibt, einen Papa, der mir was zu essen macht, einen Bruder, mit dem ich spielen kann.
Vor allem wünsche ich mir ein warmes Zimmer, wo ich mit meinem Hund kuscheln kann und nicht mehr frieren muss. Jeden Tag träume ich davon und hoffe, dass mein Traum irgendwann in Erfüllung geht. Und nun bist du da, mein Sternenreiter, auf den ich schon so lange gewartet habe. Lass uns gehen. Ich zeig dir die Menschen, ihre Träume und Hoffnung. Du bist der Sternenreiter und wanderst zwischen Himmel und Erde. Du besitzt die Kraft zu verändern, zu heilen, zu lieben!"

Der Junge schluckte bei den Worten des Mädchens. Also deshalb hatte ihm sein Vater davon erzählt. Jetzt verstand er. Das, war er besaß, hatten andere nicht. Er erkannte seine Aufgabe. Die Menschen brauchten ihn. Er würde von nun an einmal im Jahr auf die Erde kommen, um ihnen Hoffnung und Liebe zu schenken. Plötzlich kamen Zweifel: ist ein Besuch einmal im Jahr nicht zu wenig? Sicher war es besser öfter Hoffnung und Liebe zu bringen. Dafür aber benötigte er Unterstützung.
„Willst du mitkommen?", fragte er das Mädchen. „Ich brauche dich, um den Menschen zu helfen, wieder an ihre Träume zu glauben, damit sie wieder Hoffnung haben."

In deinem Leben wird eine Zeit kommen,
in der nur du entscheiden kannst,
wie dein weiterer Weg aussehen soll.
Höre dabei auf dein Herz
und er wird der richtige sein.

Jando aus „Die Chroniken der Windträume“

Nur wer der Melodie seines Herzens folgt, kann Sterne wirklich tanzen sehen.

(Jando aus „Sternenreiter- Kleine Sterne leuchten ewig“)

Sie schaute ihn an und eine Träne kullerte über ihre Wange. „Ja, ich kann mir nichts Schöneres vorstellen", und umarmte den Jungen.

Daraufhin ließ der Stern mehrere kleine Sternchen in den Himmel steigen. Sie fügten sich zu einem Großen zusammen.

„Das ist jetzt dein Stern, du, meine liebe Sternenreiterin", sagte er zu dem Mädchen. Als beide Kinder auf ihren Sternen saßen, schauten sich an und wussten:

Ihre Reise hatte begonnen.

Von jetzt an kommen beide immer wieder zu den Menschen, um Träume zu wecken, Liebe zu schenken und Mut zu machen. Durch ihre gemeinsame Kraft leuchten sie am Abend eines jeden Tages im Jahr. Manchmal sieht man sie kaum, aber in dunklen Zeiten, in denen sie gebraucht werden, leuchten sie heller als sonst. Jeder, der nach oben schaut und dabei seine Seele öffnet, dem leuchten sie direkt in das Herz.
So sind sie den Menschen nah.

Die Sternenreiter.

Wohin du auch gehst, wird die Sonne
dich am Tag mit ihren Strahlen wärmen.
In der Nacht leuchten dir Sterne den Weg.
So soll es täglich deinem Herzen geschehen
und den Menschen, die du liebst.

(Jando aus: „Chroniken der Windträume")

MEINE WÜNSCHE UND TRÄUME

Hier kannst du aufschreiben, einkleben, zeichnen, was du dir für dein Leben wünscht und wovon du träumst.

Schau in den Himmel und lass deine versunkenen
Träume mit den funkelnden Sternen aufsteigen.
Du wirst merken,wie neuer Mut dein Begleiter wird.

Jando „Chroniken der Windträume“

antje arning

MEINE MOTIVATIONSSPRÜCHE AUS BÜCHERN, SONGS UND FILMEN

Es gibt im Leben Ereignisse,
die du mit deinen Augen
nicht erkennen kannst.
Dann solltest du
mit deinem Herzen sehen.
Wenn du diesen schwierigen Weg
gemeistert hast, erscheinen
deine Schritte so, als würdest du
von einer Wolke zur nächsten
schweben.

Jando (aus „Im Himmel gibt es einen Bahnhof")

Illustration: Antje Arning (#Antjeca)

Schokoladen Tassenkuchen

Zutatenliste

4 EL	Mehl
4 EL	Zucker
3 EL	Kakaopulver
1/4 TL	Backpulver
1	Ei
3 EL	Milch
3 EL	Öl
2 1/2 EL	Nutella

- Alle Zutaten in einer großen Tasse miteinander vermengen und mit einem Löffel verühren, bis die einzelnen Klümpchen verschwunden sind.
- Danach bei voller Leistung, die Tasse in die Mikrowelle stellen und 1 -2 Minuten backen.
- Alternativ kann die Tasse auch bei 170 °C Ober/Unterhitze im Backofen 20 Minuten weich gebacken werden.

Lass dir den warmen Tassenkuchen schmecken.

Möge das Glück
dein treuer Begleiter sein,
deine Träume dich
zu den Sternen führen
und dein Herz
immer offen sein.

Jando

Die kleine Weihnachtsbäckerei

Dicke weiße Schneeflocken tanzten am Himmel als das kleine Mädchen von ihrem Stern herabstieg. Da sie aus einem Mantel von Sternenstaub umhüllt war, glitzerte und funkelte alles um sie herum. Sie hatte eine lange Reise hinter sich. Müde war sie, doch noch standen ihr große Aufgaben bevor. Direkt vor ihr lag tief eingeschneit die alte Bäckerei von Fridolin Friedewitz.
Es war still.

Noch rührte sich nichts in der Backstube. Seit Jahrhunderten buk die Familie die leckersten Bratäpfel im ganzen Universum. Und zu jedem rot glänzenden, herrlich duftenden Apfel gab es feine verzierte Spekulatius dazu. Nicht umsonst wurde sie Weihnachtsbäckerei gerufen. Doch Schlimmes war in diesem Jahr passiert. Die Ernte war so schlecht gewesen, dass nicht genügend Äpfel zusammengekommen waren, um Bratäpfel in ausreichender Menge herzustellen. Und das bedeutete wiederum, dass die Menschen zu Weihnachten keine Geschenke bekommen würden.

Warum das? fragt Ihr Euch jetzt bestimmt. Ich verrate es Euch: Hat der Weihnachtsmann nicht genügend Bratäpfel im Gepäck, dann kann er seine lange Reise zu den Menschen nicht antreten. Die duftend-warmen Leckereien sind nämlich als Proviant

MEHL
APFEL
Anni

Wenn wir anfangen, auf unser Herz zu hören,
werden wir Dinge im Leben erkennen,
die uns unvorstellbar erschienen.
Jando
Antjeca

für die Rentiere bestimmt, die ihn zur Erde bringen. Dass die treuen Tiere auf dem langen Weg bestens mit den rot glänzenden Äpfeln versorgt sind, war ihm längst zu einer besonderen Herzensangelegenheit geworden.
Doch genauso wichtig war dem Weihnachtsmann, die Menschen glücklich zu machen. Nun war er tieftraurig. Wie konnte er allen Seiten gerecht werden? Den Kindern auf Erden, die sehnsuchtsvoll auf seine Ankunft am Heiligen Abend warteten und seinen treuen Rentieren, die sich das ganze Jahr über auf die leckeren Bratäpfel aus der Weihnachtsbäckerei freuten.
Je näher der Termin für den vorgesehenen Aufbruch zur Erde heranrückte, desto größer wurden seine Sorgenfalten.

Das Mädchen war von seinem Stern herabgestiegen, um dem Weihnachtsmann in seiner großen Not beizustehen. Unbedingt wollte es eine Lösung finden, damit die Rentiere zu ihrem Reiseproviant und Groß und Klein auf Erden zu ihren Geschenken kamen. Als das Sternenmädchen die Backstube betrat, roch es dort wunderbar nach Zimt und Zuckerguss. Doch dieser ganz spezielle Duft, den Bratäpfel ausströmen, der fehlte. Bäckermeister Friedewitz saß gebückt, seine Arme verschränkt, in einer Ecke der Stube. Dicke Tränen kullerten an seiner Wange herunter. „Ach, Sternenmädchen, noch nie ist das passiert, dass mir die Äpfel ausgegangen sind. Es ist mir unerklärlich. Und nun kommt es auch noch so weit, dass die Menschen keine Weihnachtsgeschenke bekommen werden."

Wenn du anfängst
dich selbst zu achten,
zu lieben und
zu akzeptieren,
erschließen sich dir
neue Wege.
Du wirst merken,
wie dir neue
Anerkennung und
Liebe begegnen wird.

Jando

Er weinte bitterlich. Das kleine Mädchen ging zu ihm und umarmte ihn fest: „Mache dir keine Sorgen. Ich bin gekommen, um dir zur helfen",tröstete sie den kreuzunglücklichen Bäckermeister.

„Lass' uns gemeinsam überlegen, ob nicht doch eine Möglichkeit besteht, dass der Weihnachtsmann zur Erde gelangt." „Wie soll das gehen?", schluchzte Fridolin Friedewitz. „Die Äpfel, die ich aus der mageren Ernte herstellen konnte, reichen nie und nimmer für alle Rentiere des Weihnachtsmannes aus!" Tief traurig senkte der Bäckermeister seinen Kopf, um diesen schwermütig hin- und her zu wiegen. Das Sternenmädchen betrachtete ihn betroffen. Plötzlich kam ihr die Erinnerung an ein besonderes Weihnachten vor vielen Jahren. Sie hatte damals von ihrem Vater eine Menge Schokolade bekommen und sich riesig darüber gefreut. Doch als ihr Vater ihr erzählte, dass viele Menschen überhaupt keine Schokolade und auch keine anderen Geschenke zu Weihnachten bekommen, da war sie untröstlich geworden. So traurig, dass die Familie den Entschluss fasste, zukünftig an Weihnachten auf ihre Geschenke und Süßigkeiten zu verzichten, um andere damit glücklich zu machen.

Das Sternenmädchen überlegte, ob sich die Rentiere womöglich überreden ließen, auf ihre lieb gewordenen Bratäpfel zu verzichten. Schlussendlich ging es doch darum, die Menschen auf Erden glücklich zu machen. Dann kam ihr eine weitere Idee. Aufgeregt wandte sie sich an den Bäcker, der noch immer traurig in seiner Ecke saß. „Ich hab‵ es! Wir formen aus wundervoll duftendem Teig Äpfel, die aussehen wie Bratäpfel, und glasieren sie anschließend mit glänzendem, rotem Zuckerguss. So sorgen wir dafür, dass ein jedes Rentier vom Weihnachtsmann heuer seinen ganz speziellen Bratapfel bekommt!" Nach diesen Worten strahlte das Sternenmädchen zufrieden über beide Backen und auch Fridolin Friedewitz klatschte aus lauter Begeisterung laut in seine Hände. „Was für eine tolle Idee! Backäpfel!

Warum bin ich da nicht selbst drauf gekommen?", schüttelte er gut gelaunt den Kopf. „Zu zweit lassen sich Probleme eben besser lösen als alleine", lächelte das Mädchen verschmitzt, das inzwischen wieder in einen Mantel aus Sternenstaub eingehüllt war.Die Weihnachtsbäckerei, die kurz zuvor noch ganz still dagelegen hatte, erwachte zu neuem Leben. Dass ein alternatives Backrezept gefunden worden war, hatte sich wie ein Lauffeuer herumgesprochen. Alle kamen sie herbeigeeilt, um emsig bei der Herstellung der dringend benötigten Backäpfel zu helfen.Gesellen, Lehrlinge, selbst Frau Friedewitz mit ihren Kindern, kneteten und formten voller Elan.

Und so entstanden in der alten Bäckerei die schönsten Äpfel, die dort jemals gebacken worden waren. Blech um Blech wurde in die großen Öfen geschoben und heraus kamen glänzend-rote Backäpfel, die so herrlich dufteten, dass ein jeder in der Backstube auf den Geschmack kam und herzhaft in einen Apfel biss.

Das Mädchen hatte inzwischen einen Boten zum Weihnachtsmann gesandt, um ihm eine Kostprobe zu überbringen. Es dauerte nicht lange, da öffnete sich knirschend die alte Holztür der Bäckerei. „Ho-ho",brummte es, während sich der Weihnachtsmann suchend in der Stube umschaute. Als er schließlich das Sternenmädchen und Bäckermeister Fridolin Friedewitz unter den zahlreichen fleißigen Helfern entdeckt hatte, meinte er zu ihnen gewandt: „Welch' grandiose Idee von euch!" Und obwohl sein Mund von einem dicken weißen Rauschebart verdeckt war, konnten alle Anwesenden deutlich erkennen, dass er breit lächelte. „Ich habe euren Backapfel verkostet und selten etwas so Leckeres genossen." Bei seinen Worten fuhr er sich verschiedentlich mit der Zunge über seine dicken Lippen, um noch einige Krümel vom Backapfel zu erhaschen, die sich offenbar in seinem dichten Barthaar verfangen hatten. Doch so ganz einfach schien das nicht zu sein, worauf seine hektischen Zungenspiele schließen ließen.

Lebe lieber außergewöhnlich,
als dich alten Zwängen hinzugeben.
Vertraue dabei der Stimme deines Herzens.
Denn nur wer der Melodie seines Herzens folgt,
kann Sterne wirklich tanzen sehen.
Antjeca

Nachdem er die letzten Restchen genussvoll vertilgt hatte, ließ er sich ächzend auf einem kleinen Schemel nieder. „Ich möchte euch wissen lassen, dass auch wir nichts unversucht gelassen haben, um die wichtige Reise zur Erde doch antreten zu können." Er wandte sich dem Sternenmädchen und dem Bäckermeister zu und fuhr fort: „Nachdem ich mich mit meinem Gefährten Knecht Ruprecht beratschlagt hatte, dauerte es kaum eine Sternenminute bis er mir von meinen treuen Rentieren die Botschaft überbrachte, dass sie auf ihre Bratäpfel bereitwillig verzichten. Sie können sich nämlich kein schlimmeres Weihnachten denken, als eines, an dem sie in traurige Menschengesichter blicken müssen." Er machte eine kurze Verschnaufpause und sagte dann: „Und nun eure wunderbare Idee mit den lecker schmeckenden Backäpfeln." Dabei rieb er sich seinen dicken Bauch und schmunzelte zufrieden. „Jetzt steht Erde und Himmel ein besonders glückliches Weihnachtsfest bevor!" Alle, die sich in der Backstube versammelt hatten, jubelten laut los.

Dann mahnte der Weihnachtsmann zur Eile. Der Heilige Abend stand kurz bevor und die Menschen erwarteten ihn. Gezogen von seinen treuen Rentieren flog er auf seinem Schlitten grüßend davon.Beim Abschied überreichte Bäckermeister Fridolin Friedewitz dem kleinen Sternenmädchen einen großen Jutesack, der prall gefüllt mit köstlich duftenden Backäpfeln war.

Die einzige Kraft in der Welt,
die es schafft ohne Worte
auszukommen, ist Liebe.

(Jando)

Das Mädchen verstaute die Leckereien auf ihrem leuchtenden Stern, um sich ebenfalls auf den weiten Weg zu den Menschen zu machen. Doch anders als der Weihnachtsmann reiste sie nicht per Schlitten, sondern sie glitt in einem glitzernden Sternenschweif zur Erde herab. Ihr Ziel war ein Waisenhaus mit Kindern, die zu Weihnachten keine Geschenke bekamen.

Kurz vor ihrer Ankunft ließ sie noch einen Stern, der besonders hell leuchtete, auf einen kleinen Stall herabfallen, den sie in der Dunkelheit ausgemacht hatte. Im Weiterflug konnte sie schemenhaft einen Mann erkennen, der sein Neugeborenes liebevoll aus den Armen seiner Frau empfing. Überglücklich lachte das Sternenmädchen laut auf.

Und um ihrer riesigen Freude Ausdruck zu geben, warf sie kleine funkelnde Sternchen in den Abendhimmel, die in dicken blinkenden Buchstaben drei Worte bildeten:

Fröhliche Weihnachten zusammen.

Zutatenliste

(ergibt 6 stk.)

100 gr. Butter
40 gr. Zucker
2 Eier
25 gr. Marzipan (gerieben)
1/4 Vanilleschote
25 gr. gemahlene Nüsse
110 gr. Mehl
1/2 TL Backpulver
50 ml Milch
2 Äpfel
110 gr.Creme double
(Sahne)

Das Rezept aus der kleinen Weihnachtsbäckerei

- Marzipan mit der Küchenreibe grob raspeln. Butter mit Zucker schaumig schlagen. Eier zugeben und cremig rühren.

- Geriebenes Marzipan und das Mark einer halben Vanilleschote zugeben. Nüsse, Mehl, Backpulver und Zimt mischen und in den Teig rühren. Milch zugeben und nochmal alles kräftig schlagen.

- Ein Backblech entweder mit Butter einfetten oder mit Backförmchen auslegen. Teig einfüllen.

- Äpfel waschen und längst nach in Scheiben schneiden. Jede Scheibe sollte ca. 3-4 mm dick sein. Das Kerngehäuse entweder mit einem kleinen, runden Stecher ausstechen, oder mit dem Messer vorsichtig entfernen.

- Auf jeden Backapfel eine Apfelscheibe setzen und bei 180 ° Grad ca. 25 Minuten backen.

- Wenn der lecker-duftende Backapfel aus dem Ofen, kommt kann man ihn mit einem Klecks Vanille-Creme oder Sahne garnieren.

- Creme double mit dem Mark der halben Vanilleschote und dem Zucker cremig rühren. Auf den Klecks Creme noch gehackte Haselnüsse und ein wenig Honig.

Lasst es euch schmecken.

Ich träume davon, wie schön es wäre,
wenn die Menschen wissen würden,
dass vieles im Leben erreicht werden könnte,
wenn sie den Blick nach vorne richteten und nicht zurück.

Jando (aus „Sternenreiter-kleine Sterne leuchten ewig")

„Ich habe festgestellt,
dass Schatten, die uns verfolgen,
schneller verschwinden,
wenn wir einen Schritt
in die Sonne machen."

Jando

ORTE, DIE ICH SO SEHR MAG...

Hier kannst du deine Liste der Orte beschreiben, an denen du dich wohl fühlst und warum sie dir so wichtig sind.

Wo würdest du ein Rendezvous mit dir selbst verbringen? In deinem Garten zwischen summenden Bienen, an einem Tisch in deinem Lieblingsrestaurant, oder lieber die Seelenruhe auf der kuscheligen Couch geniessen?

Manchmal muss man zu fernen Orten aufbrechen,
um das Leben aus einem anderen Blickwinkel zu betrachten
und um seinen Träumen neuen Raum zu geben.

(Jando aus: „Im Himmel gibt es einen Bahnhof")

Manche Menschen
hören ihre innere Stimme
mit großer Klarheit.
Sie müssen ihr folgen.
Solche Menschen
können sich verlieren
oder werden etwas
Besonderes.
(Jando aus „Chroniken der Windträume")
Antjeca

MEINE MELODIEN

Hier kannst du deine Gedanken niederschreiben zu der Melodie, die dich entspannt und dir Raum und Zeit verschafft.

Bastelidee Salzteiganhänger

Zutatenliste

100 gr.	Mehl
1 TL	Öl
80 ml	Wasser
50 gr	Salz

Alle Zutaten zusammenkneten und ein wenig ruhen lassen. So können sich die Kristalle des Salzes auflösen.

Danach den Teig noch einmal kräftig durchkneten und ausrollen.

Nun kann man mit kleinen Backformen Figuren ausstechen und mit einem kleinen Zahnstocher ein Loch anpiecksen- für die Schlaufe des Bandes.

Die fertigen Werke müssen bei 160 Grad im Backofen gebacken werden. Danach können sie mit Acrylfarben bemalt und verziert werden.

Eine kleine Geste,
ein freundliches Lächeln.
Manchmal sind es die kleinen
Dinge im Leben,
die große Freude bereiten können.

Jando

BUCKETLIST

So ganz spontan!
Was möchtest du in deinem Leben noch erreichen, ausprobieren, oder erleben:

Die **Zeit**
ist das Wertvollste,
was der Mensch
besitzt.

Oft bemerkt
er dies erst,
wenn sie
abgelaufen ist.

Jando

BIOGRAFIE

Jando wurde am 16.07.1970 im niedersächsischen Oldenburg geboren. Mit seinen Geschichten möchte er zeitlose Botschaften für Jung und Alt, Groß und Klein erzählen. Sein Seemannsgarn spinnt er als waschechter Norddeutscher während ausgedehnten Wanderungen entlang der Küste. Als kleiner Junge wollte er Seeräuber werden, der Besitztümer an Arme verteilt. Diese Haltung spiegeln heute seine Bücher wieder. Sein Erstling „Windträume...eine wundersame Reise zu sich selbst", welchen Jando zunächst 2003 im Eigenverlag veröffentlichte, erschien 2010 bei einem klassischen Verlag und liegt auch als Hörbuch vor.

Nach längerem Aufenthalt in Köln lebt er heute unweit der Nordseeküste. 2012 erschien das moderne Märchen „Sternenreiter: Kleine Sterne leuchten ewig", als gebundene und Hörbuchausgabe. Im Februar 2016 wurde der Titel auf dem koreanischen Buchmarkt eingeführt, nachdem sich der Verlag Penguin Publishing Cafe die Rechte sicherte. Die Film- und TV Produktionsfirma puzzle pictures erwarb die Filmrechte am Sternenreiter und hat mit Jando zusammen das Drehbuch geschrieben. Der Spielfilm soll 2022 in die Kinos kommen.

Versuche aus deinem Leben eine magische Reise voller kleiner Wunder zu machen und lerne dabei jeden Augenblick zu genießen.

Jando aus „Die Chroniken der Windträume“

Illustration: Antjeca

Weitere Publikationen sind der immerwährende Kalender „Herzensbotschaften für das Jahr“ und im Mai 2015 das moderne Märchen „Traumflieger: Lena schreibt Briefe an Gott“, welches auch als Hörbuch vorliegt. Im Rahmen der Frankfurter Buchmesse 2014 wurde Jando für den „Orbanism Award“ nominiert und auf die Shortlist in der Kategorie „Ansteckendste Persönlichkeit“ gewählt.

Im September 2016 erschienen die Chroniken der Windträume. Eine Erzählung über Abschied und Trauer, über das ewige Werden und Vergehen, vor allem aber über Hoffnung und die unbändige Kraft des Lebens.2019 erschien das moderne Märchen „Im Himmel gibt es einen Bahnhof“ als gebundene und Hörbuchausgabe. Der Titel wurde zum Buch des Monats Juni 2019 bei „KindofBook“ gewählt. In der Erzählung geht es um eine himmlische Geschichte von der Macht der Liebe, Schicksalsschlägen, der Gratwanderung zwischen Leben und Tod und glücklichen Wendungen.2020 erschien das moderne Märchen „Die Weisheit des Regenbogens: Wegweiser des Herzens“. Jando engagiert sich ehrenamtlich für die Kinderhilfsorganisation „Ein Herz für Kinder“ und unterstützt die Robben-Kampagne der Tierrechtsorganisation „PETA“.

Lebe und Liebe im Hier und Jetzt.
Lass deine Seele von der Sonne streicheln
und möge der Wind dich dort hintragen,
wo Träume niemals enden werden.
(aus „Chroniken der Windträume v. Jando)

DANKSAGUNG

Nun wird es persönlich und für mich auch sehr emotional!
Als Allererstes möchte ich euch, meinen Lesern, danken! Ihr habt es mir ermöglicht, meinen Traum vom Schreiben Wirklichkeit werden zu lassen! Ohne euch würde es dieses Jubiläumsbuch nicht geben.

Mama, ohne dich wäre ich nicht zum Schreiben gekommen. Auch wenn es dir aufgrund deiner Krankheit in den letzten Jahren nicht mehr möglich ist, meinen Werdegang als Autor zu verfolgen, weiß ich aber tief in mir drin, dass du es trotzdem mitbekommst. Alleine schon, dass du meine Hörbücher in einer Endlosschleife hörst und das Tag für Tag von neuem, macht mich sehr glücklich!

Antje, ohne dich wäre dieses Buch gar nicht entstanden, denn schließlich bist du die Künstlerin, die „den kleinen Jando" entworfen und gezeichnet hat. Danke, dass du mir die Rechte an den Bildern übertragen hast. Und ein ganz besonderer Dank für die wundervollen Illustrationen, die du seit zehn Jahren für meine Bücher zeichnest. Für mich bist du die beste Illustratorin der Welt, und auch wenn wir uns manchmal streiten, weil wir doch als Menschen sehr unterschiedlich sind, liebe ich dich als Schwester über alles.Papa, ich weiß du sitzt da oben auf einem Stern und blickst herunter. Irgendwann kommt die Zeit, wo wir über das reden können, wofür uns leider nicht die Zeit blieb. Aber noch nicht heute und auch

nicht morgen. Bis dahin leuchte mir weiter meinen Weg ...
Huschi, danke dass du in schwierigen Zeiten immer für mich da warst. Du bist tief in meinem Herzen verankert!
Tante Nella, auch du warst mir immer eine große Stütze und hast immer an mich geglaubt!
Es gibt noch so viele Menschen, die mich auf meinem Weg begleitet haben und zu jedem könnte ich liebevolle Sätze schreiben. Doch bitte verzeiht mir: Dann hätte ich eine Danksagung die über mehre Seiten gehen würde und ich weiß, dass ihr das nicht gewollt hättet.

Danke für eure Freundschaft und Unterstützung:

Andreas Siefkes
Arnolde und Ralph Frerichs-Becker
Birte Karalus
Christopher Groß
Christina Schulte
Danica Schwering
Didi und Ina Rohlfs
Katharina Kemmler
Kalle Stoffers
Kirsten Schmidt
Klaus und Martina Buscher
Mathias Arning
Maike und Uwe Dröge
Steffi Walther
Thomas und Johanne Troff
In großer Dankbarkeit

ISBN 978-3981486322
13,99 Euro

ISBN 978-3981486315
13,95 Euro

ISBN: 978-3945908075
13,99 Euro

INSPIRATIONEN FÜRS LEBEN VON

JANDO

ISBN: 978-3945908150
11,98 Euro

ISBN: 978-3-945908-21-1
13,99 Euro

Alle Bücher gibt es auch als Hörbucher
und sind im Handel erhältlich.